Eduard Zeller

Über den wissenschaftlichen Unterricht bei dei Griechen: Rede beim Antritt des Rectorats an der Friedrich-Wilhelms-Universität zu Berlin gehalten am 15. October 1878

Eduard Zeller

Über den wissenschaftlichen Unterricht bei dei Griechen: Rede beim Antritt des Rectorats an der Friedrich-Wilhelms-Universität zu Berlin gehalten am 15. October 1878

Unveränderter Nachdruck der Originalausgabe von 1878.

1. Auflage 2024 | ISBN: 978-3-38674-983-1

Antigonos Verlag ist ein Imprint der Outlook Verlagsgesellschaft mbH.

Verlag: Outlook Verlag GmbH, Zeilweg 44, 60439 Frankfurt, Deutschland, info@outlook-verlag.de
Vertretungsberechtigt: E. Roepke, Zeilweg 44, 60439 Frankfurt, Deutschland
Druck: Libri Plureos GmbH, Friedensallee 273, 22763 Hamburg, Deutschland

Über

den wissenschaftlichen Unterricht bei den Griechen.

Rede

beim Antritt des Rectorats

an der

Friedrich-Wilhelms-Universität zu Berlin

gehalten

am 15. October 1878

von

Dr. E. Zeller.

Berlin 1878.

Buchdruckerei der Königl. Akademie der Wissenschaften (G. Vogt),

Universitäts-Strafse 8.

Hochgeehrte Versammlung!

Die Feierlichkeiten, welche uns von Zeit zu Zeit in diesem Raume zusammenführen, bringen es uns immer auf's neue in Erinnerung, daſs der wissenschaftliche Verband, dem wir angehören, nicht blos eine äuſserliche Verknüpfung einzelner Fachschulen und Fächer, sondern ein innerlich zusammenhängendes, durch die natürliche Zusammengehörigkeit aller seiner Theile verbundenes Ganzes, ein geistiger Organismus ist und sein soll. Wie es Ein groſser Zusammenhang ist, der alles Wirkliche umfaſst, der das Entfernteste mit dem Nächsten, das Niedrigste mit dem Höchsten zu Einem Weltganzen zusammenschlieſst, so ist auch die Wissenschaft, welche die Erkenntniſs des Wirklichen sich zur Aufgabe macht, in ihrem tiefsten Grund Eine; und so mannigfaltig die Zweige sein mögen, deren sie immer neue zu gesondertem Bestande hervortreibt: alle diese vielen Wissenschaften wollen und sollen doch Wissenschaft sein, sie setzen sich gleichartige Ziele, sie bedienen sich des gleichen, nur in seinen näheren Bestimmungen nach der Natur ihres Gegenstandes so oder anders gestalteten Verfahrens, der gleichen, allem unserem Denken unentbehrlichen Begriffe; und je weiter sie ihre eigenthümlichen

1*

Aufgaben in die Breite und in die Tiefe verfolgen, um so sicherer treffen sie, oft unvermuthet, mit dem zusammen, was sich andern von scheinbar fernliegenden Ausgangspunkten aus ergab. Nur eine Folge von diesem inneren Zusammenhang aller Wissenschaften ist es, daſs auch für den Unterricht in denselben, so weit er in dem gleichen Sinn und Geist ertheilt werden sollte, die Vereinigung aller besonderen Fächer in umfassenden wissenschaftlichen Anstalten sich als das Naturgemäſse und Zweckmäſsigste herausstellte. Je gröſser aber die Bedeutung war, die solche Anstalten für das ganze Volksleben gewannen, je wichtiger die Dienste, welche der Staat von ihnen zu erwarten berechtigt war; je erheblicher andererseits die Mittel, die sie in immer steigendem Maſse in Anspruch nahmen: um so ausschlieſslicher muſsten sie auch in die Hände des Staats übergehen, ohne dessen Fürsorge und Leitung es ihnen in den meisten Ländern an den unerläſslichen Bedingungen ihres Gedeihens fehlen würde; und so sind namentlich bei uns in Deutschland mit dem übrigen Unterrichtswesen auch die Universitäten zu einem so wesentlichen Bestandtheil des Staatsorganismus geworden, daſs alle deutschen Regierungen, in richtiger Erkenntniſs ihrer Bedeutung für das Staats- und Volksleben, um die Erhaltung und Hebung ihrer Hochschulen sich wetteifernd bemühen, daſs aber andererseits für auſserstaatliche Universitäten auf dem Boden unserer Anschauungen Verhältnisse und Bedürfnisse kein Raum ist.

Es ist bekannt, wie unser heutiges Universitätswesen im Lauf der Jahrhunderte aus dürftigen Anfängen sich allmählich entwickelt hat; wie aus einzelnen theologischen, dialektischen, medicinischen und Rechtsschulen die ersten wissenschaftlichen Korporationen hervorgiengen, in denen mit der Zeit alle wissenschaftlichen Fächer, an die vier Facultäten vertheilt, sich vereinigten;

wie seit der neuen Wendung, welche das wissenschaftliche, religiöse und politische Leben im 15. und 16. Jahrhundert nahm, die korporative Selbständigkeit dieser Anstalten sich immer mehr verlor, die staatliche Aufsicht und Unterstützung immer breiteren Spielraum gewann, und wie sie schließlich in den meisten Ländern in reine Staatsanstalten übergiengen. Manche Analogieen zu diesen Vorgängen bietet aber auch die Geschichte des wissenschaftlichen Unterrichts bei einem Volke, das uns geistig ebenso nahe steht, wie es zeitlich von uns entfernt ist, bei den Griechen, und es ist nicht ohne Interesse zu sehen, wie sich derselbe in dieser seiner ältesten Heimath, auf dem jungfräulichen Boden gestaltete, der zuerst eine freie und selbständige Wissenschaft hervorgebracht hat.

Als während des sechsten vorchristlichen Jahrhunderts in Griechenland die ersten Schritte zur Bildung einer wissenschaftlichen Weltansicht gewagt wurden, handelte es sich nicht um Ertheilung eines förmlichen Unterrichts oder Eröffnung von Schulen; sondern einzelne hervorragende Männer wandten ihr Nachdenken theils den mathematischen Wissenschaften, deren erste Elemente sich um jene Zeit in Hellas einbürgerten, theils der Frage über das Wesen, die Gründe, die Entstehung und die Einrichtung der Welt zu, und ihre Ergebnisse machten sie mehr zum Gegenstand mündlicher als schriftlicher Mittheilung. Aber an regelmäßige Lehrvorträge werden wir hiebei nicht denken dürfen, sondern zunächst an eine Besprechung zwischen Freunden; daher auch nicht an einen Unterricht, zu dem jedermann der Zutritt geöffnet gewesen wäre, sondern nur an einen solchen, der aus dem persönlichen Verhältnifs der Lehrenden und Lernenden als eine natürliche Folge desselben sich ergab. Verhielt es sich doch nicht anders auch mit der Heilkunde: auch diese wurde, wie eine andere technische Fertigkeit, nur in persönlicher Anleitung mitgetheilt, und sie war defshalb in der Regel auf einzelne Familien von sogenannten Asklepiaden beschränkt, in denen sie sich als Handwerksgeheimnifs vom Vater zum Sohn forterbte; an eine wissenschaftliche Unterweisung war hier schon defshalb nicht zu denken, weil die ärztliche Kunst selbst in jener Zeit von dem Charakter einer Wissenschaft noch zu weit entfernt war. Nur Eine von den älteren Schulen nähert sich durch ihren festeren Zusammenhang, und wahrscheinlich auch durch die Einführung eines regelmäfsigen Unterrichts, den späteren Einrichtungen: die pythagoreische; denn hier war die Mittheilung mathematischer und philosophischer Lehren ebenso, wie die Überlieferung religiöser Dogmen nnd Lebensvorschriften, die Übung der Musik, Heilkunde und Gymnastik, Vereinssache: sie bildete einen Bestandtheil jener durchgreifenden sittlich-religiösen Reform, welche der Stifter des pythagoreischen Bundes şich zur Lebensaufgabe gemacht hatte. Um so ausschliefslicher blieb dagegen diese Mittheilung auf die Mitglieder des Bundes beschränkt; und wenn auch die späteren Vorstellungen über das Schulgeheimnifs der Pythagoreer ohne Zweifel an starken Übertreibungen leiden, so brachte es doch der ganze Charakter ihrer Vereine mit sich, dafs nur den Genossen derselben der Zutritt zu den Zusammenkünften frei stand, in welchen die Wissenschaft der Schule überliefert wurde.

Erst in der zweiten Hälfte des fünften vorchristlichen Jahrhunderts sehen wir in Griechenland Lehrer auftreten, welche über den engeren Kreis persönlicher Verbindungen oder geschlossener Vereine hinausgreifend allen Lernbegierigen Gelegenheit zu einer methodischen höheren Ausbildung geben wollten. Das Verdienst dieser eingreifenden Neuerung gebührt jenen Männern, die zwar seit Plato und Aristoteles gewöhnlich in dem ungünstigsten Lichte dargestellt werden, deren hohe Bedeutung für ihre Zeit aber trotz aller ihrer Einseitigkeit und aller späteren Entartung sich nicht verkennen läfst, den sogenannten Sophisten. Nach dem Vorbild eines Protagoras und Gorgias bildete sich jetzt ein Stand berufsmäfsiger Lehrer, deren Unterricht gegen eine entsprechende Belohnung allgemein zugänglich war, mochte er nun einem gröfseren Kreise in öffentlichen Vorträgen, oder mochte er einzelnen Schülern ertheilt werden, die sich für längere Zeit an den Lehrer anschlossen. Und dieser Vorgang war auch für die Folgezeit nicht verloren. Aber um feste Schulen mit dauernden Einrichtungen zu begründen, war die Sophistik zu arm an positivem wissenschaftlichem Gehalt, und zu ausschliefslich an die Persönlichkeit einzelner Lehrer gebunden, von denen überdiefs gerade die bedeutendsten ohne festen Wohnsitz von Stadt zu Stadt zu wandern pflegten. Erst Sokrates war es, dessen Einflufs auch in dieser, wie in jeder Beziehung, dem wissenschaftlichen Leben seines Volkes den Weg eröffnete, den es während seiner ganzen weiteren Entwicklung nicht wieder verliefs.

Dieser seltene Mann gieng zwar nicht direkt darauf aus, eine philosophische Schule zu stiften; noch weniger traf er irgend welche Veranstaltungen, um die Fortpflanzung seiner Lehre für die Zeit nach seinem Tode zu sichern. Die Art und Weise seiner wissenschaftlichen Mittheilung war das Gegentheil alles Schulmässigen: auf den Märkten und den Strafsen, in der Palästra und in den Buden der Handwerker setzte er Bekannten und Unbekannten in freiem Gespräch seine Ansichten über die wissenschaftlichen und sittlichen Aufgaben des Menschen auseinander, veranlafste sie, mit ihm gemeinsam zu fragen und zu forschen. Aber der Gehalt seiner Reden war so bedeutend, die Anziehungskraft seiner wunderbaren Persönlichkeit so mächtig, dafs die sokratische Weise des gemeinsamen Philosophirens das Ideal seiner Schüler blieb, und dafs namentlich Plato, der gröfste und einflufsreichste derselben, dieses Ideal in einem wissenschaftlichen Verein zu verwirklichen versuchte, der weniger abgeschlossen, als der pythagoreische, fester organisirt, als der sokratische Kreis, das Bedürfnifs eines regelmä- fsigen Unterrichts und einer gesicherten Lehrüberlieferung in der Form eines freien freundschaftlichen Verkehrs befriedigte. Die pla- tonische Schule diente dann wieder den späteren, der peripateti- schen, stoischen und epikureischen, zum Vorbild; ihre Einrichtun- gen zeigen uns daher den allgemeinen Typus der Anstalten, wel- chen in Griechenland fast während eines Jahrtausends der philoso- phische Unterricht, also der allgemein wissenschaftliche Unterricht überhaupt anvertraut war.

Im Vergleich mit unsern heutigen Hochschulen fällt uns an denselben zunächst schon der Zug auf, dafs sie nicht blos ein Ver- band von Lehrern und Schülern, sondern zugleich eine Verbindung nebeneinanderstehender wissenschaftlicher Arbeiter darstellten, mit dem Charakter einer Lehranstalt bis zu einem gewissen Grade den einer Akademie verbanden. Die Leitung des Ganzen lag in der Hand des Schulvorstehers, welcher zugleich der Hauptlehrer war und als Zeichen seiner Würde das Schulscepter selbst während der Lehrvorträge zu führen pflegte; unter ihm standen aber mit den studirenden Jünglingen auch die älteren Männer, welche von ihrer eigenen Studienzeit her Mitglieder des Vereins geblieben wa- ren, und nicht selten neben dem Schulvorstand gleichfalls Unter- richt ertheilten; und in einzelnen Fällen kommt es vor, dafs es solche ältere Schüler — denn als Schüler pflegen auch sie noch bezeichnet zu werden — dem Vorsteher der Schule noch während seiner Amtsführung an Leistungen und wissenschaftlichem Ruhm zuvorthun. Aus ihrer Mitte gieng beim Tod eines Schulvorstands, theils durch letztwillige Verfügung des Verstorbenen theils durch freie Wahl der Genossen, der Nachfolger hervor. Sie waren auch die nächstberechtigten Nutzniefser der Stiftungen, welche die Mehrzahl der athenischen Schulen besafs. Für die akademische hatte schon Plato seinen Garten in der Akademie als Versammlungsort erworben; in der Folge gelangte sie durch Schenkungen zu einem beträchtlichen Vermögen. Der peripatetischen hinterliefs Theophrast einen Garten mit mehreren Gebäuden; der epikureischen ihr Stifter sein Landhaus mit dem dazu gehörigen Garten und einem für die Zusammenkünfte und Feste der Schule bestimmten Kapital. Nur die Stoiker scheinen kein solches gemeinsames Eigenthum gehabt zu haben. Zur Belebung des persönlichen Verkehrs zwischen den Genossen des Vereins dienten die gemeinsamen Mahle, welche dieselben seit Plato und Aristoteles regelmässig an gewissen Monatstagen und am Geburtstag des Stifters der Schule zu vereinigen pflegten. Ähnliche Einrichtungen scheinen auch aufser Athen wenigstens in einem Theil der Philosophenschulen bestanden zu haben, die während der alexandrinischen und der römischen Periode im Osten und im Westen entstanden. Dagegen behielt der Unterricht in der Rhetorik, so viel uns bekannt ist, auch in der späteren Zeit den gleichen Charakter, den er schon bei einem Isokrates und seinen Vorgängern gehabt hatte, den eines Privatunterrichts, welcher von Einzelnen gegen Bezahlung ertheilt wurde; der aber freilich einem angesehenen Lehrer nicht allein zahlreiche Schüler zuführen, sondern ihn auch auf die öffentliche Meinung und die allgemeine Bildung seines Volkes namentlich dann einen bedeutenden Einflufs verschaffen konnte, wenn er (wie diefs eben bei Isokrates der Fall war) von der Form der Reden auch auf ihren Inhalt ausgedehnt wurde, und sich in den Dienst bestimmter politischer und ethischer Ansichten stellte. Ebenso scheint der Unterricht in der Heilkunde nur von Einzelnen in eigenem Namen ertheilt worden zu sein, ohne dafs für denselben in ähnlicher Art, wie für den philosophischen,' durch organisirte Vereine gesorgt worden wäre, und nur die da und dort bestehenden, mit Tempeln verbundenen Heilanstalten gewährten ihm eine äufsere Stütze. Im Vergleich mit unserem heutigen System des öffentlichen Unterrichts waren aber auch jene Philosophenschulen reine Privatgesellschaften. Die Staaten betrachteten es nicht als ihre Aufgabe, sich der wissenschaftlichen Studien anzunehmen, oder sie als solche zu überwachen. Es kam wohl vor, dafs ein angesehener Lehrer von Fürsten oder Gemeinden durch Ehrenbezeugungen, Geschenke, Befreiung von öffentlichen Lasten ausgezeichnet, oder dafs ein Philosoph wegen angeblicher Religionsvergehen zur Rechenschaft gezogen wurde; aber grundsätzlich galt die Wissenschaft als eine Privatangelegenheit der Einzelnen, um die der Staat sich nicht kümmerte, und in die er sich nicht einmischte: als einmal (306 v. Chr.) in Athen der Beschlufs gefafst wurde, den Unterricht in der Philosophie von einer obrigkeitlichen Erlaubnifs abhängig zu machen, stiefs dieses Gesetz auf einen so starken Widerstand, dafs es schon im folgenden Jahr wieder zurückgenommen werden mufste.

Unter den griechischen Philosophen selbst waren manche, und gerade einige der hervorragendsten, mit der Stellung, welche in ihrem Volke der Wissenschaft angewiesen war, keineswegs einverstanden. Plato und Aristoteles hatten einen viel zu hohen Begriff von den Aufgaben des Staats und der Bedeutung der Wissenschaft für denselben, als dafs sie die herkömmliche Gleichgültigkeit des Gemeinwesens gegen die wissenschaftliche Bildung des Volks hätten gutheifsen können. Wer so fest, wie Plato, überzeugt war, dafs jede sittliche und politische Thätigkeit von wissenschaftlicher Erkenntnifs geleitet sein müsse, dafs sie allein den Staatsmann zu seinem Berufe befähigen könne, ja dafs die Leitung der Staaten geradezu den Männern der Wissenschaft, den „Philosophen" anvertraut werden sollte, der mufste auch darauf dringen, dafs der Staat, schon in seinem eigenen Interesse, für die Heranbildung dieser seiner wichtigsten Organe Sorge trage; wer den letzten und höchsten Zweck des Staats mit Aristoteles in der Glückseligkeit der Staatsbürger, und den wesentlichsten Bestandtheil der menschlichen Glückseligkeit im Erkennen suchte, der konnte die Staaten unmöglich von der Verpflichtung freisprechen, sich zugleich mit der sittlichen auch der wissenschaftlichen Erziehung des Volks anzunehmen. So verlangt denn auch Plato in seiner Republik, dafs dem Theile der Jugend, aus welchem der regierende Stand hervorgehen soll, eine über die herkömmlichen Unterrichtsfächer, die Musik und Gymnastik, hinausgehende wissenschaftliche Bildung ertheilt werde. Erst nachdem die jungen Leute vom zwanzigsten Jahr an in den mathematischen Wissenschaften, vom dreifsigsten bis zum fünfunddreifsigsten in der Philosophie einen gründlichen Unterricht genossen haben, und dann noch fünfzehn Jahre lang im praktischen Staatsdienst ausgebildet sind, sollen sie in jene oberste Behörde eintreten. Von Aristoteles liegen uns in dem grofsen politischen Werke, an dessen Vollendung er allen Anzeichen nach durch seinen Tod verhindert wurde, keine so bestimmten und eingehenden Vorschläge vor; indessen läfst sich nicht bezweifeln, dafs auch er in seiner Schilderung des besten Staates, wenn er dieselbe zu Ende geführt hätte, mit der sittlichen Erziehung auch die wissenschaftliche Ausbildung besprochen, und dafs er sie dem Staate zugewiesen haben würde, da alle Erziehung vom Beginn des Knabenalters an nach seinen Grundsätzen eine öffentliche, vom Staat geleitete sein soll.

An die praktische Verwirklichung dieser Vorschläge wurde in der alten Welt erst spät Hand angelegt, und was in dieser Richtung geschah, blieb hinter den Idealen eines Plato und Aristoteles weit zurück. In den griechischen Städten wurde während der Periode ihrer politischen Unabhängigkeit kein Versuch gemacht, die wissenschaftliche Ausbildung in das System des öffentlichen Unterrichts aufzunehmen. Auch die grofsartigen Stiftungen der ägyptischen Ptolemäer, die alexandrinische Bibliothek und das mit Gehalten für Gelehrte verbundene Museum, waren nicht unmittelbar für Unterrichtszwecke bestimmt, so grofsen Gewinn sie ihnen immerhin bringen mufsten. Erst das römische Kaiserthum war es, welches dem Gedanken einer staatlichen Fürsorge für den wissenschaftlichen Unterricht näher trat. Nachdem schon Vespasian griechischen und lateinischen Rhetoren in Rom Gehalte ausgesetzt hatte, errichtete Hadrian in dieser Stadt nach dem Vorbild des alexandrinischen Museums eine Art Akademie für Philosophen, Rhetoren und Dichter in seinem für öffentliche Vorträge bestimmten Athenäum. Die gleichen Kaiser entbanden die Lehrer des Rechts, der Grammatik, Rhetorik und Philosophie und die Ärzte von gewissen bürgerlichen Leistungen. Hadrian's Nachfolger Antoninus Pius erweiterte diese Privilegien zu einer Befreiung von allen öffentlichen Lasten. Ebenso wurde durch ihn das System öffentlicher, vom Staat angestellter Lehrer weiter entwickelt, indem er in allen Theilen des römischen Reichs Lehrern der Rhetorik und der Philosophie Gehalte verlieh. Sein Adoptivsohn und Nachfolger Marcus Aurelius Antoninus, der wahrscheinlich schon hiebei mitgewirkt hatte, traf die Bestimmung, dafs in Athen, der alten Metropole der griechischen Philosophie, jede von den vier Schulen, die dort bestanden, die akademische, peripatetische, stoische und epikureische, zwei besoldete Lehrer haben sollte. Um die Mitte des dritten Jahrhunderts scheinen aber unter den Wirren, welche zur Zeit der sogenannten dreifsig Tyrannen das römische Reich zerrütteten, diese besoldeten Lehrstellen der Philosophie in Athen wieder eingegangen zu sein, während uns die der Rhetorik noch im vierten und fünften Jahrhundert begegnen. Wann die Staatsunterstützung zuerst auf die Rechtsschulen ausgedehnt wurde, die in Rom schon seit Augustus und mit der Zeit auch in mehreren Provincialstädten entstanden, ist nicht bekannt. Ein Gesetz vom Jahr 425 bestimmt für Rom und Konstantinopel, es sollen in jeder von diesen beiden Hauptstädten drei lateinische und fünf griechische Rhetoren, zehen lateinische und zehen griechische Grammatiker, zwei Lehrer des Rechts und ein Lehrer der Philosophie angestellt werden, deren Werth demnach in den Augen der Regierungen damals sehr gesunken, deren Leistungen aber allerdings auch in jener Zeit gering waren. Der Unterricht in der Rechtswissenschaft war in der byzantinischen Periode neben Alt- und Neu-Rom nur der altberühmten Rechtsschule zu Berytos in Phönicien gestattet.

Unter den Lehranstalten, welche auf diese Weise durch Staatsunterstützung in's Leben gerufen oder gefördert wurden, ist die in Athen die einzige, über die uns einiges nähere bekannt ist. Wir sehen daraus unter anderem, dafs neben den angestellten Lehrern auch andere nach Belieben auftreten konnten; dafs der Wahl der ersteren in der Regel ein Concurs vorangieng, der in Reden über aufgegebene Themata bestand; dafs sich ihr Gehalt auf die beträchtliche Summe von 10,000 Drachmen belief, daneben jedoch auch die längst hergebrachten Honorare der Zuhörer fortgiengen; dafs für öffentliche Bibliotheken zur Unterstützung der Studien gesorgt war; dafs die Vorlesungen neben den studirenden Jünglingen auch von Männer reiferen Alters und andererseits von

Knaben besucht wurden, dafs es aber auch den studirenden Damen unserer Tage in dem damaligen Athen, wie schon früher in der Schule Plato's und Epikur's, nicht ganz an Vorgängerinnen fehlte: in Alexandria stand bekanntlich um den Anfang des fünften Jahrhunderts die geistvolle Hypatia, welche schliefslich in einem Aufstand des christlichen Pöbels ein so gräfsliches Ende fand, längere Zeit sogar als Lehrerin an der Spitze der platonischen Schule. Wir hören ferner, hauptsächlich durch Berichte aus dem vierten Jahrhundert, von häufigen Reibungen und Parteiungen unter Lehrern und Schülern, die nicht ganz selten in offene Streitigkeiten ausarteten, und andererseits von der Art, wie die Disciplin über die studirende Jugend theils von der bürgerlichen Obrigkeit theils aber auch von den Lehrern selbst gehandhabt wurde, unter denen einzelne sogar die Anwendung körperlicher Züchtigung nicht verschmähten. Wir erfahren mancherlei Einzelheiten über die scherzhaften und lärmenden Feierlichkeiten, unter welchen die Aufnahme der Neulinge und ihre Bekleidung mit dem Tribon, dem Philosophenmantel, vor sich gieng; über den Eifer, mit dem man sie schon im Piräus empfieng, um sich ihrer für den eigenen Lehrer, selbst mit Gewalt, zu versichern; über die Landsmannschaften und die wissenschaftlichen Vereine der Studirenden und über ähnliche Dinge. So vieles uns aber nicht blos in den Äufserlichkeiten des akademischen Lebens, sondern auch in der inneren Einrichtung dieser spätgriechischen Unterrichtsanstalten, theils an die neueren theils an die mittelalterlichen Universitäten erinnert, so wenig entsprechen sie doch, wenn wir näher zusehen, in der Hauptsache dem Begriffe, den wir uns von einer Universität zu machen gewohnt sind.

Was sie von unsern heutigen Universitäten unterscheidet, ist zunächst schon der Umstand, dafs sie sich eine viel beschränktere Aufgabe gestellt haben. Keine von ihnen will das Ganze des höheren wissenschaftlichen Unterrichts umfassen, und auch diejenigen, welche über den Charakter blofser Fachschulen hinausgehen, bleiben hinter dieser Aufgabe weit zurück: in Athen wurde nur Philosophie und Rhetorik gelehrt, in Rom und Konstantinopel sollte nach den Bestimmungen Theodosius II und Justinians aufser der Rhetorik vorzugsweise die Grammatik betrieben werden, deren Hauptgeschäft neben der Anleitung zum richtigen Gebrauch der Sprache im Lesen und Erklären der alten Schriftsteller bestand; nur ein beschränkter Raum wird hier der Rechtskunde, ein noch beschränkterer der Philosophie eingeräumt. Die Mathematik und Naturwissenschaft müssen sich, was ihre officielle Vertretung betrifft, mit dem begnügen, was bei den Philosophen, die Geschichte mit dem, was bei den Grammatikern für sie abfiel. Von der Heilkunde ist bei allen diesen Einrichtungen überhaupt nicht die Rede. Es handelt sich bei denselben nicht um eine organische Vereinigung aller Fächer, sondern nur um eine Gelegenheit zur Erwerbung derjenigen Fertigkeiten und Kenntnisse, auf welche theils bei allen Gebildeten, theils im besondern bei den öffentlichen Beamten der Hauptwerth gelegt wurde.

Noch wichtiger ist aber die Frage nach dem Geist, in dem diese Studien betrieben wurden. Heutzutage sind die Universitäten, vor allem bei uns in Deutschland, zwar nicht die einzigen, aber doch die hauptsächlichsten Sitze der wissenschaftlichen Forschung. Mit dem Leben unseres Volkes auf's innigste verwachsen, ihrer Mehrzahl nach unter der Einwirkung grofser geistiger und nationaler Bewegungen, des Humanismus, der Reformation, der Befreiungskriege, gegründet oder umgestaltet, tragen sie den Trieb zu freier Untersuchung, zu unabhängigem Denken, zu unermüdlichem Fortschreiten von Hause aus als ihr eigentliches Lebensprincip in sich.

Ihre Vorgängerinnen im Alterthum waren umgekehrt das Werk geistig ermatteter und sittlich erschlaffter, im unaufhaltsamen Rückgang begriffener Jahrhunderte, denen es an der Kraft und dem Vertrauen zu selbständigen wissenschaftlichen Schöpfungen gebrach, deren Ehrgeiz nicht über die Fortpflanzung der Überlieferungen, die Nachahmung der alten Formen hinausgieng. Dieses Gepräge der Unfruchtbarkeit und Greisenhaftigkeit ist auch dem Unterricht, der an ihnen ertheilt wurde, aufgedrückt. Von den Fächern, welche darin den breitesten Raum einnahmen, hat es die Rhetorik überwiegend nur mit dem Formalen der Darstellung und Ausdrucksweise, die Grammatik theils gleichfalls nur mit den sprachlichen Formen theils mit den Erzeugnissen der Vorzeit zu thun; die Anleitung zu einem in die Sachen selbst eindringenden Erkennen liefs sich weder von der einen noch von der andern erwarten. Um so mehr lag sie allerdings in der Aufgabe der Philosophie. Aber auch die Philosophen hatten sich längst gewöhnt, statt eigener Forschung sich mit der Überlieferung älterer Lehrbegriffe zu begnügen; und etwas anderes wurde auch gar nicht von ihnen verlangt, wenn die acht philosophischen Lehrstellen in Athen nicht für Philosophie als solche, sondern ausdrücklich für platonische, aristotelische, stoische, epikureische Philosophie bestimmt waren. · Die wissenschaftlichen Ansichten erscheinen hier als ein Glaubensbekenntnifs, das man möglichst unverändert aus der Überlieferung aufnimmt: nach Lucian hatten sich die Bewerber um einen Lehrstuhl sogar ausdrücklich über ihre Schulorthodoxie auszuweisen. Dafs die Wissenschaft als solche auf diesem Wege eine erhebliche Förderung erfahren werde, liefs sich nicht erwarten; und wirklich hat auch Athen in den dritthalb Jahrhunderten, die auf Mark Aurel's Stiftung folgten, nicht allein keinen epochemachenden, sondern aufser einigen achtungswerthen Vertretern der peripatetischen Schule überhaupt keinen namhaften Philosophen besessen; erst im fünften Jahrhundert feierte der Neuplatonismus hier in der Geburtsstätte der platonischen Schule seine letzte Nachblüthe. Aber die Staatsgewalt lieh ihm hiebei keine Unterstützung, und nachdem er in dem christlich gewordenen Reiche mühsam sein Dasein gefristet hatte, wurde von Justinian durch die Schliefsung der Schule und die Einziehung ihres Vermögens der letzte Über- rest jener philosophischen Vereine zerstört, welche dem wissen- schaftlichen Leben des griechischen Volkes seit Plato und Aristo- teles so grofse Dienste geleistet hatten.

Was die Beherrscher des römischen Reiches nur in unge- nügender Weise und mit unbefriedigendem Erfolge versuchten, die staatliche Organisation des wissenschaftlichen Unterrichts, das haben die neueren Staaten ungleich umfassender und nachhaltiger durch- geführt. Dem Verfall des wissenschaftlichen Lebens bei den alten Völkern zu steuern, wäre den Regierungen auch dann nicht mög- lich gewesen, wenn ihre Mafsregeln auf eine durchgreifende und systematische Reform des Unterrichtswesens berechnet gewesen wären; doppelt unmöglich war es, da dieselben schliefslich doch nur darauf hinausliefen, dafs eine Anzahl von Lehrern für einzelne Fächer vom Staate bestellt wurde, im übrigen aber fast alles dem Belieben der einzelnen Lehrer und Schüler überlassen, und weder für eine regelmäfsige Vorbildung der letztern, noch für eine ge- ordnete Aufeinanderfolge und ein zweckmäfsiges Ineinandergreifen der verschiedenen Unterrichtszweige, noch für Prüfungen gesorgt war, in denen die Einzelnen über den Erfolg ihrer Studien Rechen- schaft zu geben gehabt hätten. Das einzige, was uns von einer durch die Staatsbehörde vorgeschriebenen Studienordnung aus dem Alterthum bekannt ist, besteht in der Anweisung, welche den Lehrern der Rechtswissenschaft von Justinian im Proömium der

Pandekten ertheilt wird; und diese selbst gehört bereits mehr dem byzantinischen Mittelalter als der alten Zeit an. Weit günstiger lagen die Verhältnisse für die neueren Staaten. Ihnen war nicht die unlösbare Aufgabe gestellt, einer sinkenden Wissenschaft neues Leben einzuflößen, sondern die viel dankbarere, eine lebenskräftige und in frischem Aufblühen begriffene für den Zweck des Unterrichts zu organisiren; und eben dieses ist der Gedanke, auf dem vor allem unsere deutschen Universitätseinrichtungen beruhen. Der Staat betrachtet es nicht als seine Sache, in die wissenschaftliche Thätigkeit als solche einzugreifen, der Forschung ihr Verfahren oder ihre Ergebnisse vorzuschreiben; und in diesem freien Sinn eröffnet er auch an seinen höchsten Lehranstalten jedem, der sich über seine wissenschaftliche Befähigung ausweist und die allgemeinen Bedingungen einer akademischen Wirksamkeit nicht verletzt, die Gelegenheit, sich in derselben zu versuchen. Aber er ist überzeugt, daß er der Wissenschaft bedürfe, und daß sie ihrerseits zu ihrem Gedeihen seine Unterstützung nicht entbehren könne; er betrachtet die wissenschaftliche Bildung, im Sinn eines Plato und Aristoteles, als einen wesentlichen Bestandtheil der öffentlichen Erziehung, in der er eine seiner wichtigsten und unerläßlichsten Aufgaben erkennt. Der wissenschaftliche Unterricht selbst aber findet seinen Abschluß in denjenigen Studien, für die unsere Universitäten bestimmt sind; denn sie sollen ihre Schüler in das Höchste und Reifste einführen, was die Wissenschaft der Zeit erreicht hat; sie sollen nicht blos zu technischen Fertigkeiten, sondern zum wissenschaftlichen Erkennen als solchem anleiten, und auch jede speciellere Berufsbildung auf eine umfassende allgemein wissenschaftliche Ausbildung begründen. Wenn der Staat für seine Universitäten Sorge trägt, andererseits aber den Eintritt in den höheren Staatsdienst und in einige andere für die Gesellschaft besonders wichtige Berufsarten an die Bedingung eines erfolgreichen Universitätsstudiums knüpft, so spricht er damit aus, daſs ihm eine blos gewohnheitsmäſsige Übung in Geschäften nicht genüge, daſs es ihm um die Wissenschaft als solche, den Sinn für unabhängige Erforschung der Wahrheit, die Kunst des methodischen Denkens, die Einsicht in das Wesen der Gegenstände und Verhältnisse zu thun sei, auf welche die praktischen Aufgaben sich beziehen. Er legt aber ebendamit auch den Jüngern der Wissenschaft die Verpflichtung auf, sich dem Dienst des Gemeinwesens nicht zu entziehen. Nicht als ob die wissenschaftliche Forschung als solche sich ein anderes Ziel setzen dürfte, als die Erkenntnifs, der wissenschaftliche Unterricht ein anderes, als die Mittheilung der Wahrheit. Aber je reiner diese Aufgabe gefaſst, je vollständiger sie gelöst wird, um so sicherer wird auch die Wissenschaft dem Staat und der Gesellschaft den höchsten Dienst leisten, den sie ihnen leisten kann: die praktischen Thätigkeiten durch die denkende Erkenntnifs ihrer Mittel und Zwecke zu befestigen, zu vertiefen und zu läutern. Diefs ist es, was der Staat von der Wissenschaft erwartet, diefs der Grund wefshalb er den wissenschaftlichen Unterricht in seinen Organismus aufnimmt. Was für die gröſsten unter den griechischen Philosophen ein unerreichtes Ideal war: daſs das Staatsleben von wissenschaftlicher Einsicht geleitet werde, die wissenschaftliche Erziehung vom Staat ausgehe, an dessen Verwirklichung arbeiten die heutigen Staaten seit Jahrhunderten, und an der Spitze der Einrichtungen, die diesem Zweck dienen, stehen unsere Universitäten.

Bei keiner anderen Hochschule liegt aber diese Verschmelzung des wissenschaftlichen und des staatlichen Interesses schon in der Geschichte ihrer Gründung augenscheinlicher am Tage, als bei der Universität Berlin. Wenn ein hochherziger Fürst in der äufsersten Bedrängnifs des Staates, in einem Zeitpunkt, wo es sich für ihn um Sein oder Nichtsein handelte, diese Pflanzstätte der Wissenschaft gestiftet hat, so war es ihm nicht um ein solches Wissen zu thun, das für die Gesammtheit keine Frucht bringt, sondern das Volksleben sollte von hier aus gekräftigt, dem schwer erschütterten Gemeinwesen eine neue Heilquelle erschlossen werden. In der strengen Schule des wissenschaftlichen Denkens sollte der Wille gestählt, in der freien Hingebung an die Erforschung der Wahrheit sollte der Charakter geläutert werden. Und die junge Universität hat diese Erwartung nicht getäuscht. Ob sie ihr auch fernerhin entsprechen wird, diefs, meine Herrn Commilitonen, hängt nicht blos von den Universitätseinrichtungen und nicht blos von Ihren Lehrern, es hängt in erster Reihe von Ihnen selbst ab. Es ist eine schöne Aufgabe, die Ihnen hier obliegt: mit der Ausbildung der eigenen Kräfte, der Sorge für das eigene Wohl, eine Pflicht gegen das Vaterland zu erfüllen. Je lebendiger Ihnen diese Aufgabe gegenwärtig ist, je weniger Sie vergessen, dafs die Zeit, die für Ihre Studien bestimmt ist, nicht Ihnen zu beliebigem Gebrauche gehört, sondern Ihrem Volke, um so befriedigter werden Sie dereinst auf die schönsten und wichtigsten Jahre Ihrer Jugend zurückblicken, um so höher wird schon jetzt das freudige Bewufstsein Sie erheben, dafs auch Sie in Ihrem Theile für das grofse Ganze arbeiten, dem wir alle angehören, und dafs auch Sie das Ihrige thun, um den guten Namen unserer Hochschule aufrechtzuhalten.